石金平 ◎ 著

秋吻落叶集

秋吻落叶集 / 石金平著 . —太原 : 北岳文艺出版社, 2016.2（2023.6 重印）

ISBN 978-7-5378-4688-2

Ⅰ . ①秋… Ⅱ . ①石… Ⅲ . ①散文集 – 中国 – 当代 Ⅳ . ① I267

中国版本图书馆 CIP 数据核字（2016）第 038698 号

书　　名	秋吻落叶集
著　　者	石金平
责任编辑	张　丽
装帧设计	张　丽
出版发行	山西出版传媒集团・北岳文艺出版社
地　　址	山西省太原市并州南路 57 号
邮　　编	030012
电　　话	0351-5628696（发行部）
	0351-5628698（编辑室）
传　　真	0351-5628680
E - mail	bywycbs@163.com
印刷装订	山西万佳印业有限公司
开　　本	787mm×1092mm　1/32
字　　数	100 千字
印　　张	4.75
版　　次	2016 年 2 月第 1 版
印　　次	2023 年 6 月山西第 2 次印刷
书　　号	ISBN 978-7-5378-4688-2
定　　价	38.00 元

序言

笑中看世界，小中观天下

卫汉青

去年曾到山东省淄博市蒲家庄蒲松龄故居小访，对门口郭沫若先生题写的一副对联印象很深：写鬼写妖高人一等，刺贪刺虐入骨三分。寥寥十六个字，概括了清代著名小说家蒲松龄的文学成就和社会意义。

蒲松龄一部《聊斋志异》，四百九十一篇，四十余万字，采集民间传说和野史逸闻，将花妖狐魅和幽冥世界的一切人格化、社会化，情节曲折，语言简练，全书充满了冷幽默，每每让人拍案叫绝。

我出身于中医世家，自小对鬼妖邪魅之类并不畏惧。记得小时候夜间回家，路过黑黢黢的玉米地、高粱地，心里怕的是狼，而不是鬼，因为知道父亲讲过人死如灯灭。近几十年，随着科技文化的普及，信神信鬼的人群大为锐减。但是，民间传说、逸闻、故事、小品一类的东西，并未少见，反而更加多了起来。这就是广泛流传于人们之间的短信、微信、微博、博客和酒后茶余等诸多平台与场合上的东西，时下被人们统称为"段子"。

我觉得现今五花八门的杂文、小品、故事"段子"，近似于当年蒲松龄先生接触到的各种传说逸闻，因为现时生活节奏快了，人们不可能坐在街头巷口，娓娓讲述王生、聂小倩、崂山道士们的大篇故事。而这些"段子"通常篇幅很短，语言更加简练，与社会生活联系非常紧密。如针对雾霾和股市涨跌，人们的微信和短信中，很快就产生了各种令人捧腹的各种"段子"。至于对乘车、就医、上学、入托、食品安全等社会方方面面的各种感受，更是俯拾皆是，林林总总，蔚为大观。这些海量的段子，由于现代传播手段的迅疾，以及更新的频繁，大部分均不知作者其名和难以考究源头，人们只作一笑置之。

在这万花筒般的"段子"海洋中，我欣喜地看到了石金平同志的《秋吻落叶集》。我和石金平同志是多年的老朋友了。记不清从何时开始，我的手机中隔三岔五就能够看到他发来的杂文段子。这些段子均为石金平同志原创，涉及面很广，生活中的酸甜苦辣、工作中的所思所想，无话不谈，无所不至，嬉笑怒骂皆成文章。隔着手机，我仿佛看到他眯着一双笑眼，用冷峻中含着热情、幽默中带着辛辣的口吻，向我们讲述一个个精彩的杂文小品段子。

《少年糗事》《端午节小诗》《领导刮鬓角》等生活中的小品，占了较大篇幅。这是每个人平时多会遇到的，我们会一边读着，一边发出会心的微笑。《城市不懂夜的黑》《城市绿化与园丁》等，是对城市病的针砭，让人开怀之余略有所思。《五子论病》《蛙：我非苍鹰》等，则有了一些寓言的味道。看似信手拈来，实则寓意较深。石金平同志阅历丰富，早已过知天命年龄，如《忆挖河苦乐》，讲述了"文革"期间大年三十村民们战天斗地的场景，让人笑中带泪地告别了那个荒诞的时代。

石金平同志多年在政法战线从事领导工作，应该是很忙碌的。我很敬佩他能静心观察生活，且擅长用风趣洗练的语言描情述状，笑中看世界，小中观天下，这不是一件容易的事情。近些年，经常听到一种说法：现在人们都浮躁得不行，很少有人能够沉下心来写文章。我看不都是，还是有人能够拒绝形形色色的诱惑，甘于坚守文学这块阵地。石金平同志作为一个业余写作者,能够结集出版这本颇有特色的杂文集《秋吻落叶集》,就是一个十分生动的例证。

(作者系北京市海淀区文学艺术界联合会主席、《中关村》杂志社社长兼总编辑,中国作家协会会员)

目录

序言

叶草情

秋吻飘叶 / 003

落叶与荒草 / 004

冬叶与春芽 / 006

冬叶与大树——你若安然,我不曾离去 / 008

秋叶的色彩 / 010

垫脚石与青草 / 012

救命草 / 013

窗檐细草 / 015

北方城市冬青恋 / 017

青草白云 / 019

纷飞思绪

说梦 / 023

色彩之梦 / 025

心有方向 / 027

心想事成新解 / 029

说"肠子" / 031

利齿与智慧 / 033

临渊羡鱼之智 / 035

人生小悟

端午节小诗 / 039

少狂糗事 / 040

人生跨越从"迈沟"开始 / 043

生产队长 / 045

忆挖河苦乐 / 047

知青队长二三事 / 049

"最近"幸福 / 051

滚沙 / 052

往事如歌

笑傲狂飙喝彩虹 / 057

利剑慈为 / 058

五子论病 / 061

趣说"汗治" / 063

修为高手 / 065

短信收费 / 067

长短信杂议 / 069

趣说迟到 / 071

趣说"机会成本" / 073

用好钢刀防"躺枪" / 075

身轻如燕 / 077

童话·"同话" / 078

左右足之情 / 079

世态百相

3D打印奇想 / 083

论"抗癌统一战线" / 084

双眼皮 / 086

也说"敖包相会" / 088

微信加朋友 / 90

说微信 / 92

城市绿化与园丁 / 94

建设好"非首都" / 96

文明城、文明人、文明狗 / 98

城市不懂夜的黑 / 100

土治小广告 / 102

树根向上长 / 103

空余青山不住人 / 105

牙医不急诊 / 106

峰谷电价不惠民 / 108

银行不理夜财 / 110

专家不夜诊、手术室照常放假 / 112

飞机场没有存车处 / 113

饮水思源 / 114

论持久战霾 / 116

完胜"埃博拉" / 117

疑人当用新论 / 118

净水泼街今用 / 119

俯拾精彩

看戏莫当真 / 123

刷牙 / 124

领导刮鬓角 / 125

男人洗衣 / 127

决战白发 / 128

防手颤 / 129

脱发对染发诉说 / 131

与虎谋皮怪论 / 133

眉之韵骨 / 135

蛙:我非苍鹰 / 137

叶草情

秋吻飘叶

鲜艳的花朵在饱享了灿烂的阳光后开始凋落。

枝干上生命仍旺盛的绿叶，仍坚守她一生的岗位。她坚信：有绿叶在花丛就在，终将再次万紫千红。

在暂时无花的世界，她撑起了风景线，叶如绿萼。

风雨初霜，秋来了，暗恋她的恋人来了。

秋风在所有缤纷的倩影都已逝去时来到了她的身旁，

不断地轻抚她的肢体喃喃细语，拉着绿叶的手，摇曳欢舞。

绿叶在秋风的吹拂下改变了颜色，比花更炫彩，更深邃，更广阔。

秋叶如锦更似花，绿叶用她生命的蜕变，再次装点大地。终于轻盈的她开始朝下飘落，离开她坚守一生的枝干。

秋风不肯舍弃，用最深情的双臂将她拥入怀中，带入只属于飘叶与秋风无尽的天边。

落叶与荒草

冬来了,树叶在冷风中飘落。劲风卷起落叶,抛向高空,撞向山崖,又甩向尖石与沙砾。

落叶无助地随风上下,它离开了支撑它生命的那棵大树,只能将一生最后的时间,交予无情的寒冷。

忽然一阵轻柔,冬叶落在了小草上。

小草欢呼:大树的使者来了。

落叶凄凉地苦笑:我已离开了大树,我的生命将很快终结。

小草仍怀着敬仰心情表述对树的崇拜,诉说着大树树叶为小草遮风挡雨的恩情。

落叶感动了,回想起在大树上随风摇曳、沐浴阳光、饱享雨润时那种自然的快乐,那时并不曾想到为小草做出过这样的贡献。

落叶说:我即将逝去,让我再最后一次为你们遮挡风雪吧。落叶展开已蜷缩的身体,紧紧地盖住了小草,希望它在严冬之中有一层薄薄的衣被。

小草也感动了,扬起纤柔的身躯,深深地将落叶搂入自己的怀中。

就这样,落叶在它生命的最后一刻,与从未相忘的小草共同享受了生命最后的壮丽。

冬叶与春芽

> 无论经历多么寒冷的严冬,在即将春回大地时,你终会发现,在枝头,总有历尽劫难的树叶在枝头摇曳,这就是冬叶。
>
> 题记

严冬渐去,春回大地,微风轻拂,枝头绽露嫩芽。

春芽不惧寒冷,奋力舒展着身体,饱享春色。

摇曳中,春芽感到头上有片片冬叶,遮挡了明媚的阳光。

春芽不满,愤愤地说:这是春的季节,是春芽绽放的时光。你这老叶太煞风景。

冬叶,无语。

早春无常,刚刚退去的寒冷又再次侵袭。

嫩薄的春芽无力御寒,曲卷萎缩最终脱落。

当春芽寒冷得即将失去知觉时,一片厚叶盖在了它的身上。

是冬叶用宽厚的身躯隔挡了这仍然料峭的春寒。

春寒稍退,暖阳升起,又热火火地照向春芽。

一寒一曝,春芽危若游丝。又是冬叶,挺起疲惫苍老的枝叶,撑起点点绿荫。

几经春寒与春暖,嫩叶不再脆弱。

它深感,历经风霜雨雪,才是完整的一生。

它向为它遮风挡阳的冬叶致上真诚的注目礼。但视野中冬叶已不知去向。

在冬叶的撕断处,隐见一个幼芽,露出了它尖尖的头角。

冬叶走了,把它守护、积攒了整个春夏秋冬的壮枝留给了更新的生命。

冬叶与大树
——你若安然，我不曾离去

　　冬天来临，大树将所有的养分收拢贮藏，准备迎接漫长的寒冬。

　　树叶纷纷飘落，只剩下秃秃的树干枝条在寒风中无助地摇晃。

　　大雪飘落，冰雪压在树枝上令大树更是喘不过气来。

　　忽一缕寒风轻拂，大树再次见到了久违的阳光，心情豁然明朗，是谁解我心忧。

　　进入眼帘的是一片不起眼的树叶。

　　树叶用单薄的身体，在微风中不停地扫落树枝上的积雪。

　　"怎么，你还没有离开？"

　　树叶见大树苏醒高兴地说："我是你的孩子啊，在你身上是我永生的希望。"

大树说:"我已经帮不了你什么了,你快去寻找一片温暖的地方重新开始吧。"

树叶深情地说:"是你给了我生命,造就了我柔韧的身体,能让我随风而动;你早早脱干了我稚嫩身体上的水气,让我抵得住冰冷严寒。狂风暴雪中你伟岸的身躯一直是我生命的骄傲。你若安然,我就有站立枝梢的勇气。"

大树感动了,将贮存的养分送上树梢,让弱弱的树叶再次泛出生机的颜色。

秋叶的色彩

秋天是草木最后张扬的季节，斗艳的都已绽放，结果的已是枝头累累。唯树叶还是在枝头，不停地跳跃，它似乎不惧即将到来的一生中最严酷的考验。

寒霜过后，树叶变换了颜色，秋黄与橘色成了它新的靓装。它知道在枝头上不能永久地灿烂下去，它犹豫过也时刻准备离开它深深留恋并养育它的大树，在那里它曾高居百草之上傲指苍穹。

信念仍然简单，有此色彩足慰平生。

一夜寒风，满地秋叶。车轮碾压，狂风又一再把它撕碎。秋叶并不害怕，它坚信狂风、轮碾可使它将彩色带到期待已久的远方。

它深信无论遭遇什么，只要秋叶哪怕还剩一点点橘黄，都足以证明这个世界曾经被秋叶装扮得黄灿灿的绚丽。

命运怜爱坚忍不弃，轻轻地它被俯拾、夹入书页，彩叶和着书香,书中的文字与单调的白页有了律动的生机,阅读有了叶香与色彩。

垫脚石与青草

一块石头被抛进草坪，压倒了嫩绿的小草，引发愤怒。这是小草的乐园，你来干什么。石块无语。下雨了，草坪积水，过往行人踏石而过，小草免遭碾踏。酷热下石头的身影微微挡住了一些骄阳，带来少许荫凉；严冬，北风呼啸，别的小草都被冻僵，而石头下的小草却犹如盖了棉被一样安然过冬。

终于春天来了，别的小草还在蕴蓄着从根部抽芽，而石头下的小草早已按捺不住，伸出头来感受第一缕春阳。小草快乐着，忽然它似乎想起了什么，望望石头，正要表达以往不敬的歉意。但石块被挪走了。今后它将独自面对无情的踩踏、骄阳与寒冬，好在已有了一次经历。

救命草

初秋，郊外，西山，露草，青苔。信步拾阶，寻小路逐次登高。

天气不好，灰蒙蒙的，心情更加不好。美好的山光景致似乎竟和自己无一点的关系。

转身下行。倏地一下，一脚踏空，全身跌倒下滑，犹如即将掉入万丈深渊般惊悚。滑落间双手乱抓，砾石在手上划出道道血痕。生命的本能，全然不顾这满手的鲜血，仍然四下狂抓……

似乎抓住了什么，身体停住了。定下神来，往脚下一望，庆幸自己离沟崖不足半米。

是谁拉了我一把！不对，是自己抓住了什么。顺着手望去，手里仍死死地抓住一丛青草。

谢天谢地，是这不起眼的一丛青草救了我！

青草的根部扎在石缝中，但大部分已经被我拽了出来，惶恐之余,我无暇庆幸自己的命大,只是感谢被我抓住的这丛青草,没有它我不知将去何方。

这就是我的救命之草。我必须把它供奉好,以回报救命之恩。

我用双手死抠,希望把它整棵地挖出来,带回家供奉。但是茅草似乎并不领情,它的根还是深深地扎在岩缝之中。

望着救命草的执着,我动摇了原先的念头。供奉不如敬奉。它既然舍不得离开它生存的这块岩缝,我何不助它在这里生长得更好呢!

于是,把它已经裸露的根须轻轻地塞回岩缝,并捧来有营养的土将它的根和缝隙掩住,从身上摸出喝剩的水,全部倒在它的根上。

这一点点水和土,虽然不足以表达我对这棵青草的救命感恩,但我也寄希望这水和土有助恢复它原有的健壮。

为了感恩,每到秋天我都会来到这个岩缝前,看望舍身救我的这丛青草,再浇灌上我身上带来的水。

救命草不必供奉,但救命草必须长生。最好的回报就是浇灌它需要的滴滴清水。

窗檐细草

病榻久卧，四周都是冷寂的静物，似乎都在等候生命随时间而逝去。

咬牙坐起欣赏一下久违的外部世界。

抬头望去天空灰蒙蒙的，连一丝飘浮的云朵也没有，静得让恐惧的心情更加凄惨。

忽然有一丝飘影，初以为是睫毛闪动。不对，定睛再看，窗棂外似乎有细细的生物在晃动。

是谁来看望我这个病人，挣扎着抬起身子向外看去。

确实有细细的身影在向我打招呼，窗外窗檐下的隙缝之中长有微小的一株青草，很小很细。但确实是一株鲜活的生命。它在微风中飘舞，好像在问候我，你活得好吗？

我干笑般咧了咧嘴角，没有出声。

小草久久地注视着我，不断地舞动着身体，似乎是召唤我与它一起快乐地晃动。我下意识地也随着小草晃了几晃，似乎心情有开朗的感觉。

那几天，我天天去张望小草，与小草的身影一起舞动。身体似乎很受益。

好景不长，很快，深秋已把小草的一身绿装换成了枯黄。我知道它的生命将不久，眼神中露出怜悯。

小草似乎并不畏惧颜色的变换，以及严厉的秋风，它依然晃动着，并且总是那样有型有致。似乎告诉我生命不必随四季沉沦。

冬天终于来了，青草的枝叶早已没有了身影，在它的扎根处又多多少少堆积了些冰雪。它脆弱的身体扛得住吗？

又是春天了，毛毛细雨敲打着窗户也溅落在窗檐下的细缝之中。它还在那里吗，还能活过来吗？

当我趴在窗台上，定睛细细地观察时，真是惊喜，有一点点的嫩芽已经绽放在细缝中。

一个这么柔弱的小茅草，经历了那么严酷的冬天，它仍然不弃，向天空、大地展露它的生命。

我不知不觉地笑了，赞许它这种顽强。这个春夏，我天天挪动着身体来看望这个我心目中最坚强的生命。

奇迹发生了，本以为无救的身体竟然渐渐康复了，我竟然可走向大自然，去看那千姿百态的花草树木。

但无论我离去多久，当我回到这个窗口前时，我总会忍不住去望望窗檐下那棵激励我顽强生活下去的小茅草。

北方城市冬青恋

冬青，乔木。北方城市绿化主要品种，因适于群栽常做花园场院四周围栏用。

小时候，在20世纪70年代，窗前有块空地可以自行种植树木。父亲问我种什么，我当时脱口而出：常青树，四季常绿的。那个年代每周日都要大扫除，主要是拔草，不兴种花种草，种树也是种些观赏果木。

没过不久，父亲就移过一株不大的矮树，叫冬青树。这时才知道冬青是乔木。既来之则种之，挖坑种在花园中最明显的位置上。

冬青很好活，基本上不用打理，也不招虫子，只用浇少量的水。相对于三季有花香的品种，确实很单调，除了常绿别无所长。

冬青其观赏价值就是常绿，一年四季都是绿的。在大雪纷飞的季节里，在雪压枝头的环境下，在一片白茫茫的雪色中，除了松树,在北方城市中能展现绿色的就是冬青。

下再大的雪,只要一刮风,它抖搂抖搂就露出片片深绿的枝叶,向自然界宣示:绿叶犹存。

冬青有股勇气,虽闻不到花香也收获不了果实,但它总给人一种淳朴的坚强,不迎合、不计较,在万般寂疏的冬季,它犹如披绿的哨兵,在大地上傲立不倒。

年龄增长了,要学的东西很多,但冬青这种执着绿色、终身不改的品格让人终生难忘。

现在城市绿化品种多了,冬青看似更加平凡,但对冬青的敬畏和赞扬已经升华。做人当如冬青,无论春夏秋冬执着地绽放绿色的生命。

青草白云

大草原一望无际，青青的草、蓝蓝的天、白白的云。

白云是大自然造就的天然首席"白富美"，高居湛蓝的天空之上，白得无瑕靓丽，在天空中随心幻化，千姿百态，令人极度遐想艳羡。

青草是极普通的生物，年年茂盛，岁岁枯荣。

青草从不惋惜自己生命的短暂，总是遥望天空，尽情地摇摆身姿，向每一个过往的客人报以欢乐的微笑。

青草也羡慕白云靓丽，希望能与白云做朋友，毕竟同在蓝天下。

白云俯视青草嫣然一笑，喜欢我可以到天上来。

青草仰望白云，它即使非常喜欢白云，但它深知自己的根在大地。在白云低飞时，它也曾奋然地跳跃，希望牵一牵白云的手，但是离触摸白云还差得很远很远。

青草并不气馁，每次失败仍挡不住它的执着，遥望着天空，似乎在说你等我，我还会与你约会。

大千气象，不测风云。

狂风不满白云的骄傲，它狂怒着将白云撕碎并狠狠地抛向大地；雷电也趁势发威在白云身上狠狠地抽打。在狂风雷电面前，白云无奈随风触电般地狂落。

忽然一股力量将它托住。一生中从未感觉过的一种轻柔，犹如睡到软软的床上。它微微地睁开双眼看了看，原来是青草用柔弱的叶子将它抱起。

青草在它耳边喃喃细语，不要怕，有我，你一定会再次高高地飘起。

太晚了，白云已被狂风雷电抽蚀了筋骨儿，已无力再去飞奔。它用尽最后一点力气，亲吻了青草，而后软软地躺在青草身上，等待生命的结束。

不知过了多久，妩媚的阳光再次照在草原上，青草用力摇了摇沉睡的白云，鼓励它振作起来。

青草不停地舞动，阳光迅速进入白云僵缩的身躯。白云似乎再次赋予了生命。它感动了，再次展起飘舞的身姿，纵然跃向那曾经属于它的蓝蓝天空。

经此一劫，青草成为白云最好的朋友，不管飘得多高多远，白云都会随第一缕晨曦来到青草身边，用晶莹七彩露珠装扮青草，以表达对青草的深深谢意！

纷飞思绪

说梦

梦与生俱来，不需赋予，也不被剥夺。

人皆有梦，梦境有别，各享其乐。

造梦鼻祖当属庄周。一抹蝴蝶梦演幻出万千悲欢离合。南柯一梦亦经久流传。

梦的功效诸多，求梦全凭自己。

做梦娶媳妇，自娱自乐；梦幻成仙，徒费精力。

也有借梦发展的。

前有程咬金梦舞三板斧，武功陡长，当了几天皇上。

后有红楼宝玉梦游太虚，悟得三生因果。

也有玩梦探险，环游世界，发现新大陆的。

还有百无聊赖的文人墨客，梦得佳句，偶成丁古绝句，流芳百世。

做好梦滋养身心，做噩梦盗汗伤元。生命不息做梦不止。

梦,无关种姓、不分贫富、无须天赋,只要一缕思想即可。

一个人做大梦太过平常,百人齐梦大德大智。

而让全世界做同一个梦,唯2008年奥运登峰造极。"同一个世界,同一个梦想",One world, one dream.

好运好梦,何乐不梦呢!

色彩之梦

梦，通俗地说，是大脑在休眠时无序的脑波之成像。

梦，千变万化鲜有一定之规。

掌控梦境乃人类之追求。

传统研究表明：梦由单一脑电波多维成像而成。做梦时，因大脑在休息不需眼睛巡视，也无须阳光普照，因而梦是无色的。在大量的影视作品的渲染下，大家接受梦的基调为灰黑色。甚是黯然。

最近，似又有新论：梦是有色的，而且是多彩的。甚为激动。

科学证明光电同质。既然光是七彩的，电波乃至脑电波怎么能是无色或单色的呢。这么浅显的道理怎么就被人搁弃了几百年呢！悲，悲，悲！

生理学表明，做梦时眼球虽然可以不用，但眼的潜视功能可以照用。用透视色彩的眼基因功能与梦同频共谱，焉有见不到梦彩之理。

　　俗习误梦！既然有彩梦可做，何不让梦绚丽精彩！

　　附小诗一首：

天生明月地随影，

山青水绿心中景。

情纤思幻质多彩，

炫色暖香入梦来。

心有方向

心是跳动的。解剖学证明,心是原地收张,产生压力,输送血液至全身。由此证明,心是原地跳动的,如果心移位,那就坏事了。

但不知从何时,人们开始把心的跳动赋予方向。劝孩子上进,说是"一心向上";还有"树立信心";更有激励的话,"横下一条心"。这样心就有了方向,上和下,横或竖,"一心向下""死了这条心"则成了反面。

心向上向下、曲线跳、转着弯的跳,或许被用来形容用心不正,但也并一定要做负面解读。心跳就可以,但是不能颤,一颤就有生命危险了。

心有明有暗。老话说,"心如明镜""一心向明月",都是说心纯洁。年轻人好烂漫,说心有千千结,这就只能随他去了。如果心里真有疙瘩,那就快得癌症了。

有心,有心跳,有节奏,而且跳动有力就好,向上、向下,竖横都不是那么重要。

心想事成新解

中外传统思维大不相同。

西方以人体解剖实验为据,认定大脑是思维的中枢。心脏只是传输血液的器官。

国人则不然,以心动为据,认定凡事全凭心想,更有"用心做事""心想事成"之说。

崇外者讥讽国人,担心不用脑,用心不思考。

还有甚者,诬损国人习惯用肚皮思考问题。

国人虽不忿,奈何眼见摘心并不影响脑波,只好认栽。

但也有执着者,专攻心术。在情感领域独树一帜:"平心而论""心诚则灵""心心相印"经久流传广为认同。

婚礼上"唯用心去爱方享受人间最真幸福"已成为普天下新人难得统一的共识。

更有痴迷心窍者高呼:从心出发,心动快于行动!心不死梦就在!跟随者众。

苍天不负有心人!

世纪轮换,科学终于发现:心确实想事。人的先祖没大脑前,是用心做事的。至今心灵感应就是千古以来伴随不弃的例证。

君若不信,扪心自问一下!

说"肠子"

心肠常被连用,习惯也常把肠子和心合在一起谈论,俗称好心肠,心知肚明。肚子里不装事、直来直去被称为直肠子的人。但也有心眼多、邪门歪道的被称为花肠子弯弯绕。后人也常把内心好色想花事的人叫花花肠子,褒中带贬。

西方人认为人的智慧与肠子无关。但中国的传说也不是空穴来风。一肚子学问,满腹经纶,都是赞喻肚子里头有内容、有知识、有料。

肠子有几多弯?为何弯?肠子弯肯定是需要使然,一是为留住食物,二是把食物中的能量通过在肠子里消化吸收。再将食物残渣形成粪便,排出体外。

肠胃不是简单的消化,而是汲取食物中智慧信息的人类原始本能器官。聪明不会无缘无故地从空气中产生。哲学名言:人的智慧从哪里来,从客观物质中来。物质能进入身体靠的器官主要是肠子，人体特别是大脑是靠食物转换而来。道理很玄，实则浅显。

万物生长皆有一定之规，其成长信息就贮藏在物体之中，吃食物就是吃信息，消化食物就是提炼信息。将所吸收的信息分类贮藏，就是积蓄智慧。俗话说得好，吃得好才聪明。有副好肠子，去汲取饱含世理的食物，人类怎能不聪明、不智慧呢？

利齿与智慧

牙曾是人最原始的攻击利器,随着进化,已内敛主要用于咀嚼。但在急的时候仍有一咬定乾坤的功效。泰森拳王争霸赛,在失利时凭借利齿将老霍在台上咬得嗷嗷直叫,虽然无德,但保住了没被打躺下的面子。

幼年不更事,常用牙咬同伴,但那都是天真友好的动作。

大了也耍过三青子,用牙启瓶盖,牙咬盖落很是显摆。但随着年龄增长,牙口逐渐松动脱落,悔不当初。

看牙医彻夜排队,再疼也得忍着。也有老疼受不了的,全口全拔,从此再无牙痛之忧。更有炫富的,镶上满口金牙,成就了口中的银行。

但人类百十万年,牙的功用仅仅是用来咀嚼吗?

科学研究牙髓也是人身干细胞体最重要的载体,人最重要的遗传信息只有放在牙里才是最安全的。

据考证，伶牙俐齿形容聪明是有依据的。牙口健全的老人要比牙口脱落的老人动作灵便很多。所以拔牙是不智的。

试想，失去了封装在牙齿里的智慧基因，你如何重回智慧的巅峰。

而且，终有一天从你的牙髓里，培养、再造出年轻基因的细胞延续你的生命，或能够治愈癌症的细胞救你一命，你会深深地感谢你的牙齿！

临渊羡鱼之智

临渊羡鱼者受到行动派的鄙夷,多年来也不曾见其反驳。

一日深山纵深游,疲劳干渴之至,忽闻涛声轰鸣,急行至前,见一老者坐岸观涛。问:"何也?"答:"羡鱼。"

充饥解渴之后,问:"羡鱼何乐,何不结网渔之?"老者不屑。

虔诚求教。

老者道:"练眼力、养心、护生态。结网者近利,短视,且无功之举。结网乃专业,非常人短时所能;渊深,小网无济,大网无材。水急不载舟楫,下水捕鱼者多误溺。滩石密布网不落底无鱼落网,劳而无功。不若坐岸观鱼,自享其乐。"

又曰:"总不能荒度时光。"

老者不耐愚问,回曰:

"羡鱼之道在于逆向而思,享常人所不悟。

"暴雨滂沱,浊浪滔天,群鱼为何逆水冲浪打挺上行。是以群体之力借自然涌浪接天之机,拍浪接力腾跃,送母鱼跃至上游产子,绵延生机。群鱼不畏惊涛奋身托举何等壮观,尔等可曾得观!

"群鱼跃龙门堪称神景!世人期盼而不得观在于不耐坚持。而我每每独享则在于观鱼不懈!

"适时若我以片木激浪助其腾跃,何等功力。天堑上游自此游鱼满江,何来荒度!"

听君一席,终晓羡鱼之道!

人生小悟

端午节小诗

神舟十号访苍穹,举国振奋。恰端午又至,赋小诗一首与友同贺:

西施东寻桃花源,
浣纱溪鸣碧草悠;
诗词歌赋离骚咏,
汨罗江畔悲忠魂。
打铁成就自身硬,
卧薪发奋踏石痕;
神十托举中国梦,
击鼓奋桨龙舟竞。

少狂糗事

比拳头决斗

少时不崇欺凌,但敬坚强。不哭、不告爹妈就是硬汉。当时比勇,只限同龄男丁。哥俩一般大玩蹭了,或争风逞勇,相互不忿,不能打架,也不能玩阴的,当面以比拳决雌雄。两拳相比,谁把谁比得不敢再出拳了,就是赢了。输者认输走人,不准没完没了。

擦干了眼泪回家吃饭

那年头有哥俩打架的,也有打不过找个大块头拔份的。但打架不兴打脸,摔倒在地,摁着不让起身一分钟就得认输。僵持不下,一到吃饭的点,或大人出现,马上停手,恩了仇断。受委屈一方擦干了眼泪回家吃饭。胜者靠外援让人瞧不起。输者英雄气概虽败犹荣!

拍屁股假飞

晚末晌,一群孩子在操场玩,一有高兴的事,就大喊着拍着屁股奔跑,呈骏马飞奔状。更有后撅两臂作飞机样跑的。一个跟头摔下,磕得龇牙咧嘴,但马上爬起来继续高喊飞奔,唯这样才能受到大人的嘉许,"小子好样的,有种!"

藏猫猫

藏猫猫一般只在家中玩,在外面常玩一种"踢罐电报"的藏猫猫。先猜丁磕(石头、剪子、布),输了的先蒙眼抓"猫",其他人躲"猫"。找到谁,就边叫他名字边踩脚下的罐。没被发现的人跑上去踢了罐,找"猫"的人就输了,重找。

躲"猫"的方式很多,有上树的,有躲进暖气沟的,有躲在门洞的,但也有大胆的就趴在找"猫"人的身后,趁找"猫"人刚一转身,就上前把罐踢了,完胜,臭美得不成。找藏在树上的人得注意,树上往往藏两个以上的人,一个暴露了,另一个就掩护成功了。

找"猫"的也有不守规矩的,找不到人把罐藏起来回家睡觉的,害大家白躲半天。这种人第二天就没人带他玩了。

奋勇攻城

攻城游戏只限男生，四方块中间画一道，快到边上时，绕对方城边画一出口，角上划一圆圈，做据点。出城时会受到对方的推搡，推出线就算死了。出城后从对方出城口往里攻，对方顽强阻击推搡，冲破阻击踩到城角就算胜利。

攻城时对抗性太强，相当于美式橄榄球中的对撞。几乎每次都有被摔出很远的，但没有一个哭的，显摆的就是勇敢。

上房揭瓦

当时楼房都是尖顶，上面盖瓦。上房顶主要是为了掏瓦底下的鸟窝，房顶很陡，滑落下来就是死。活着从房顶上下来，掏出几个热乎乎的鸟蛋、雏鸟来让大家看，太牛了，屁股后面得跟一堆小孩。

爬烟囱掏老鸦窝

锅炉房的烟囱三五十米高，外面有一溜把手，顶上有一护筐，上面有老鸦筑的窝。小孩子们比勇，一节一节爬上去掏老鸦窝，很吓人，没有比这更危险的了。上去还好，不用往下看，爬到顶上很有征服感。往下走，眼睛往下看，找镫子踩，那两腿抖的，让底下的人看得直揪心。爬到顶上去的人很荣光，炫耀得很。也有上到半截害怕，又下不来，吓得尿了裆的。害得底下的人找他家大人上去救他，糗大了，再不敢逞狂。

人生跨越从"迈沟"开始

小时候马路边全是明沟,要想就近上路,必须迈跃路沟。

路沟挺宽,年龄大的孩子能轻松跨过,而我们个小腿短迈不好常掉入沟底。这时兄长告之,可先向下挪两步,沟底窄好跨。

从此知道了要跨宽沟,可先下挪两步找窄边再向上跳跃。

此项技能一直印在脑海。

中学毕业后插队,在农村浇麦地。七尺畦,不宽,对面垄跑水须迅速跨过去,铲土堵漏。本以为跳远四米二,这点距离跃过去绰绰有余,不料脚下土暄腾无弹力,跳不远,掉到水里,被人嘲笑。

后来才知道,要善用手中的铁锹当撑杆、找好支点、才能轻巧地跨越到对面去。

始知跨越要看条件要学会借力。

当下跨越发展成为追求,常以经验自警,发展路上没有现成的跑道和踏板，要想跨越得好，要找窄边，力求找个支点借力，还要瞄好落点，以防不测。

生产队长

那年头生产队是农村最基层的生产单位和分配单元。

每年下来,一个劳动力能挣多少工分,日值多少,能否分到红,全靠生产队长当家。

虽然那个年代也有派性、宗族、路线之争,但选生产队长就得抛开宿怨,选在农活上、在组织生产上最有经验的人当。

同一个村,生产队长选得好,日值能到六毛多;干不好的生产队才有两毛钱,一家人一年到头分完口粮还要欠生产队一百多块钱,糟心死了。

生产队长没一分钱的职务补贴,全靠自身的觉悟高做奉献。

那年头基本是靠天吃饭,赶上大旱绝收,全队人都要吊锅饿肚子。但如果有经验、节气掌握得好,抢在下雨前及时播种,一场雨苗长出来了,天再旱靠人工挑水多少还能收获点。

每天最壮观的时刻,就是清晨生产队长敲钟站在钟下派活。

一百多劳力瞬间派往各个田间地头，如果对田间作物生长情况不熟悉，那就是瞎派。活之所以派得准，那要靠生产队长早早就起来，到田间走一圈回来了。

最"威猛"的还属三夏抢收。割麦子时生产队长永远要排在前头，晚上上场脱粒，最危险的就是站在滚筒脱粒机口往里送捆好的麦个子。什么防护都没有，那个位置总是队长的。每天还要扛百多斤的包上百个，码垛，入仓。那时候全队上下能否撑下来就看生产队长的了。

全队仅有一台手扶拖拉机，农闲全靠它拉运输挣钱分红，谁也别想用它干私活。

一天晚上，和生产队长常搞对立的副队长媳妇临盆难产，危险万分。这时生产队长听说后，豁着违约赔人家钱把手扶拖拉机派到院门口，赶紧把产妇送卫生院急救，最终母子平安。感动得副队长一大家子千恩万谢，再也不说生产队长路线不对头了。

想一想那时虽然很穷，但干部都能带头吃苦，不弄权贪腐，社员群众服啊！

忆挖河苦乐

农耕社会，水利为要。

干旱在天，祈雨润苗；水涝靠人，只能疏治。

传说河工苦，大禹治水三过家门不入，功建千秋。

火红年代，战天斗地，农闲变冬忙，修水利挖河。天寒地冻，没机械，全靠锹挖镐刨小车推。赶上陡坡，连驴都拉不动，只能用两个小伙子拉纤上坡，人顶个驴使。

那时任务分段包干，一人一天挖两立方米土挣十分（日值四毛二分）。那活怂人干不了，总有受不了累当逃兵的。

挖河虽苦但队里管饭人们图个能吃饱，一顿饭吃五六个窝头平常事。

再有平时一个乡里的年轻人各自在村里种地，没有比试的机会，聚在一起挖河，显摆机会到了，个个奋勇，你超我赶争最强。

我们村里的年轻人最牛，村里的地是黄黏土，是远古火山喷发形成，又黏又硬。挖河正赶上一段红黄绿黑交加的黏土，其他村的民工黏土黏锹似大铁锤，全都扔不动，唯我们村的年轻人习惯于挖黄黏土的绝技，沾点小水，手中方锹上下翻飞，完胜。终于赶在年前完工回村，不必年三十晚上在工地挑灯过大年了。

知青队长二三事

在那个激情年代，我作为知识青年下乡插队，自觉接受再教育。苦干与当地农民打成一片，育种、配农药干得有模有样；搞广播、组织文艺演出等知青专长也乐得自娱自乐，渐得信任。

一日晚参加村里青年婚宴，向新娘子介绍我是队长，受敬一杯酒，当时还挺受用。入夜不久就听见敲门声，是新娘子的声音，问你是队长吗。我问什么事。她说新婚之夜新郎非要干个九起九落，这要出人命的。我当时就晕了，赶紧说这么大的事得大队长管，小队长管不了。

还有一次，雨后小河水满，一些男女知青穿着泳衣泳裤去游泳。当地农民愤怒，大姑娘家家的穿得露胳膊露腚伤风化，要求按流氓罪处置。弄得我们哭笑不得，只得要求女知青只能河边洗脚，不得在河里游泳。

村里一"愣头青"结婚半年多，媳妇肚子不见动静。婆婆着急，让有文化的知青做工作。无奈，让当大队医的知青找新媳妇做检查。一问新媳妇原来两人竟不懂男女之事，人们恍然明白怀不上孩子的原因。

团副书记是个特刻板的姑娘，结婚嫁给同村男青年，新婚之夜不脱衣、不和新郎同床，急得丈夫找组织。这事咋管，不管也不合适。想个办法让妇女队长给其捎话，讲穿衣服睡觉磨损衣服，还易得皮肤病等等。之后其丈夫再也没找来。不久还传来怀上孩子的喜讯。

农村缺医少药，知青回家也尽量往乡下多带药，以备老乡急症讨要。大爷大妈做点好吃的也叫上知青，知青和乡亲们亲如一家人。插队几年没有什么成就，但有点知识就被农民尊重的感觉总是烙印于心。

"最近"幸福

人生有三段幸福。一是出生,给父母带来无尽的希望,开启人生幸福;二是结婚,开启家庭幸福;三是颐养天年,儿孙绕膝,圆满幸福。

纵观人生想一想,幸福的时刻很多,但深刻的还是"最近"才幸福。

小时候上学,顶着日头走三刻钟,深觉在家门口上学幸福,渴了课间就能回家喝水。

上大学住集体宿舍上铺,碰上连续高烧几天,一杯吃药的开水放在床边,是谁离心这么近。

参加工作了,每天挤公交车筋疲力尽三小时,常想毕一生积蓄一定把家安在单位边上,可以省下八分之一的人生享受幸福。

孩子大了远渡重洋读书。一周一个电话听声不见人,盼孩子尽快回到身边,这样一家人聚在一起才幸福。

老了,都不成了,当把孙子抱入怀中时才又感到老来的幸福。

想来距心最近、离亲人最近就最幸福!

滚沙

大暑之际行走在塔克拉玛干沙漠，无行囊、无护具，手握一瓶矿泉水纵深西行。烈日当头，汗流如注，滴入黄沙瞬间蒸发。不过几时汗无可出，背可烤薯。

奋力爬上一高丘，极目之下，**叠叠沙峦，已无片绿**。

喘息之余，拷问内心，如再行七天可登圣域成仙可愿舍生前往？如三日之后有无尽财富任尔取用愿否继续前行？何等诱惑，集一生奋斗都不可得，仅七天三天竟可垂成！

望望手中瓶底所剩不多的清水，想一想数小时后，干渴虚脱，饥肠辘辘，昏暗凄凉；纵然抽身，归途难抵，生死难料，富贵何福消受。断不肯枉然前行！

总不能白来。忽想起人生谷底欲何求，何不在这高高的沙丘之巅试他一回。

掏出所有细软钱财，躺在沙丘顶抱住脑袋疾滚而下，面对半幅蓝天半幅沙。终扛不住迷眼的黄沙及恐惧,昏昏然中滚到丘底。

强睁双眼,惊然仍然活着的感觉。拿回所有的款物,昂然走回。

经过若干年后又想起这段往事,跌落谷底而求生庆幸挥之不去,想来滚落可悟人生。

往事如歌

笑傲狂飙喝彩虹

老父曾不断告诫我：老老实实做人，忠厚守法，宁看贼挨打，不看贼吃饭。有道：忠正厚德，清白自乐安生。

题记

黑云摧城浊浪涌，
敛占无厌陷深渊。
宵小鼠辈图圄悲，
清白自乐妻儿情。
人生自古谁无欲，
不贪不色不自辱。
规尺律剑平安符，
笑傲狂飙喝彩虹。

利剑慈为

一个成熟的警察,并不仅在于他能破多少案子、抓多少小偷,而在于他摄心有术。

题记

再往前跑五百米

一警察追小偷,一跑一追,三千多米,小偷体力不支,跪地求饶。警察怒斥:偷了东西还想跑,你跑得掉吗?我还没追够呢,再往前跑五百米!

小偷被逼无奈,又往前跑五百米。跑到派出所大门口。警察向所长报告,这个小偷被我发现,没追上跑到这来自首了。请所长从轻发落。

你把赃车放回去让我看一看，在哪偷的

一小偷偷一残疾人小三轮车，在大街上因为形迹可疑被警察逮住。小偷战栗。警察让小偷到修车部把车修好后放回原地。放好后，敲被盗车主的门说车已经修好，明天可以照常用了。

之后，将小偷放了。

同事怪罪放纵犯罪。警察说这种车没牌照找不到失主，没法定罪。这车价值也不高，修车的钱比车还贵，修了还能用一阵，既教育小偷，又方便了失主，行了。

你有一个电话未接

经布控抓一大案犯罪嫌疑人。临上囚车前，警察突然对犯罪嫌疑人讲，你的电话响了接不接。嫌疑人下意识地接过电话，并迅速拨通，嘟嘟囔囔说了几句。

警察的同事非常不满：让嫌疑人通风报信，跑了同案犯怎么办。

不久该警察带一年轻女子来做嫌疑人工作。

随后该嫌疑人积极退赃，揭发立功，破了一串案，后被判处缓刑。

及至结案开会让该警察介绍经验。

警察讲，他大难临头，关键时刻不会打电话让同犯先跑，而是告诉最亲近的人。

按他拨出的电话找到其女友，知其已怀孕。

顺势让她做嫌疑人工作，既有利于破案，也有利于嫌疑人改

过自新。不仅破了案,又退了赃,还教育感化了嫌疑人,也算好事一桩啊。

五子论病

环境恶化，雾霾频现，身心不健，口罩不离身，见面"你没病吧"几成问候语。无奈中也带一种企盼，望蓝天重回还你健康。

富人纷纷远离闹市，赶往乡野田园，在天然氧吧里清心养肺，独健自身。

普通市民悲催，养儿糊口缴房贷，只要有钱挣，再重的雾霾也得坚持上班。

霾情堪忧，五大智者齐聚，共商良策。

医者说：魔霾侵蚀心肺，可广布悬壶，授沁心清肺之道，人人就医天天吃药，可抑病也可延年。

法者说：雾霾肆虐乃逐利滥排之祸，可法令攫取资源、造霾致富者慈捐，开征高额暴富税，铲除逐富造孽之源。

儒者曰：不可，杀富济贫乃一时虎狼之药，不可滥用。可广教礼仪，安居守序，天蓝气朗徐图之。

道者不以为然：天下诸病，皆有病因，逆病而为，必是道高魔长瘟病泛滥。何不以病去病，天下皆病是不病也。

"段"者起言：空谈误国，说这些虚话没有用，各位回去可多编些段子，赠发到众病友手机上，天天看段子，以笑健肺，以乐治病，何愁霾忧呢！

趣说"汗治"

现代社会人们压力山大，因为难承重负，人人精神高度紧张，精神病疾竟十人九患。轻则不眠焦虑，中则抑郁，重则分裂狂躁，人人襟危。

精神有病，需精神医护，但偏见误病。

精神病因世界性难题，除遗传及外伤患病外至今不得其解，但心理压力大、想不开几乎是病患共识。

何以病除，传统良方基本无济于事。什么心灵鸡汤，拳击泄愤啊，更是效果寥寥。

真的没治吗？有人认为：内压大，方致分裂之症。如何疏解压力，理论上不乏妙招，但多属争鸣。

综观之体力劳动者似乎得精神病的很少。再细察，得病的人多是内向、不爱交流、不爱动、不出汗的人。按照能量转换定律，内在能量难以自泄，必靠中介物质方能溢出。

如何释压？不妨出汗一试。在大自然中狂奔，满身淋漓大汗之际，压力随汗进出，吐纳之间尽享无忧之欢畅。

以语言宽慰治精神，那是"话疗"，难产生大能量转换。吃药副作用大。只有纵跃狂吼体能急耗，能量随汗源源释放，压力趋零自然愈病。

似可信。

想精神强健吗？出汗吧！

修为高手

世像嘈杂,人言可畏。三人成虎,舌头底下压死人。

人有视觉、听觉两大功能,耳聪目明乃成了健康之追求。

听觉不同视觉可以闭目休息,听觉全天职守,有声必闻。

俗话说,恶语一句三伏寒。恶语伤心,怒伤肝,六根不净多折寿。自古就有智者强调修身养性,闻恶不怒。但世人能做到的少之又少。

佛家倡导"三不":不该听的不听、不该看的不看、不该说的不说。但那是圣人修行,常人做不到,没有人天生会不听。

一日山中行,与老者相伴。老人精神矍铄、目光深邃、不屑世俗。

闲聊问之:"从无病否?"答曰:"有病。"

问:"何以致病。"曰:"修炼所致。"

问:"何修此病?"

曰:"世间烦心事诸多,小人聒噪之语,每每不绝于耳,更不乏侮辱流诽之语逼人欲疯。开始一听即怒,愤然反驳。但流言无形,每每回击不中,偶有小胜,也是伤敌八百自损一千;数十日心神不宁,生活全无乐趣。

"久病思医,便尝试以耳聋防病。闻恶语犹如不闻之。经久修炼,凡侮言诽语,皆能自然过滤,充耳未闻。练就这选择性耳聋之功,自觉快乐益多。"

闻听顿悟,修炼此功真高手也!

短信收费

短信七十个字一条收费人所共知。小时数学不好,底子差,每每发长短信,反复数数,按七十的倍数发出,绝不肯让电信商多收一毛钱去。自以为精算,省了不少,但无意中查看费用清单,总是被多收一条短信的钱去。

愤然投诉,终无果。不服,与电信死磕。短信计费平台收黑钱,累累证据不容置疑。终有高工不堪我扰,出面澄清,国际电信联盟规定,长短信是按六十七个字算一条的,电信商不敢乱收。

弄清之后,不甘落败。反问电信商三条:

一是电信开拓长短信业务,将七十字一条收费变成六十七个字一条收费,你报请谁批准了,请出示长短信收费标准;

二是你开拓长短信业务,需占用各条前后六个字符(两字符一个汉字)识别相连上下条,三个字的成本平白无故记在我头上,你揩消费者的油,商业品德不诚信;

三是你收我的钱，告我一声，我有七十个字一条一条发的权利，你剥夺了我的选择权。

电信商面对我的矫情，难以应复，协商安抚了之。

长短信杂议

　　春节给众友发段子贺年，身边亲人反映没收到，查验手机确实没有，于是补发。隔日查清单，发的段子按六个短信已妥送，并收费。

　　于是投诉。

　　打电话查询，终端用户电信网关反馈妥送了，才收费。

　　转投诉电信，坚持用户正常无问题。

　　再诉，再查。段子拆分六条短信送出后，电信网关显示五条送达，一条未送达，收费并无不妥。

　　不服！长短信拆分，各条头尾减少字符分置识别码，接收平台需全部发给手机终端妥收，才算完成。其一条未发出，其余五条找不到连接符，不可能实现送达。

　　联通承认收费确有问题。

　　不！这绝不是多收几条短信费问题：

一、长短信拆分送达技术标准如何。其中一条未送出能否视为送达。这么浅的道理竟然出差,是疏漏还是成心!

二、各运营商间短信平台软件,如何执行规范,明知其一不送达,其余均不可能妥送时平台为何发出五个成功送达的低级信号错误,这样的软件怎么通过的验证。

全国亿万人民共享三大运营商长短信服务,谁没用长短信拜过年,这低级的漏洞黑了用户十多年,竟然无察,何以信!

拭目以待!

趣说迟到

"管工",系管理科学与工程博士专业的简称。

效率最大化与机会成本最小化是世界性难题,老师讲课往往顾此失彼。

一日著名管理学博士生导师开课。一上课就大讲名头成就,五分钟后开讲正题。

一学生匆匆入座。

老师不悦,让该学生就课题举例作答。

学生惊吓,不作声。

老师激动,敢迟到肯定是搞明白了。

惊恐中学生仓促作答:"迟到效率最佳,几乎没有机会损失。"

问:"何然。"

答:"日常起床到上课三十分钟,上课才起床实现了睡眠最大化。五分钟赶到课堂,前面老师开场白自我介绍不听没损失,直接回答问题得同样的学分效率最佳。"

全场愕然!

趣说"机会成本"

机会成本是指为了得到某种东西而所要放弃另一些东西的最大价值,也可以理解为在面临多方案择一决策时,被舍弃的选项中的最高价值者。

机会成本本是客观的,谈不上什么创新。但在贪婪创新的年代又有何不能。

学生们冥思苦想,意图突破,但绞尽脑汁终不得要领。

大考至。

提问,机会成本如何趋零?

考生急中生智,突发灵感答:机会就是时机,时机也是时间,不用时间创新就是机会成本趋零创新。

例如,

有机会就会;

无准备急了就会;

不学习基本都会；

不思考决策直奔实惠；

不等待瞬间创新，不给成本留机会！

汗！一百分。

用好钢刀防"躺枪"

冷兵器时代,刀是战场上杀敌立功的利器,刀尖锋利,刃不沾血,是好刀的赞美。横刀立马,挥刀向前,刀锋相向,手刃敌寇都是对用刀的赞美。

刀作为士兵杀敌卫国保命的武器,自然不能马虎,所以最好的钢都用在刀上,特别是锋利的刀刃上。但钢刃易折,刃不碰锤、刀背挡棍才是用刀之道。

时今,看不见对手、没有硝烟的战场上挥刀拼杀已成传说。刀渐成装饰,习武的道具,而且法治社会万万不可持刀夺人性命。

因此,好钢放在刀刃上,以钢制胜已成过去时。但宝刀不能老,钢刀不能锈。

网战当前,舌弹杀人,躺枪丢命,岂能弃刀任人收割。不妨转换思维,把好钢放在刀背上,驭起无影刀,防无辜躺枪、无端飞来的板砖。

推演之英雄未必要在刀锋上建功立业,多修些无极化绵软功,弃锋芒毕露以刃碰锤的莽夫之举,也是当今刚性男儿应有之为。

身轻如燕

身轻一般不与体重并论。

说体重就是胖瘦,说身轻一般不联想胖人。

当一个人行动敏捷麻利时,则常以身轻如燕形容而无论高矮胖瘦。

燕子确实比较身形苗条。但是比燕子更轻巧的飞禽大有鸟在,哪怕是很胖的天鹅、体型硕大的秃鹫、白垩纪的翼龙也能飞得很好。

所以身轻主要是心态没有负担,而且行动敏捷成为生活的常态。

当肢体、心态已经完全适应自身体重所能从事敏捷工作的时候,你就会被形容为身轻如燕。

怎么样,想身轻吗,先从放飞心情做起吧!

童话·"同话"

反对文山会海历经数十年却成效寥寥。

是领导就要讲话,讲话就要传达,层层又都讲同样的话,听话的人烦得不行。

是不是讲同样的话效果就一定不好呢,未必然。

大家都有童年,童年印象最深的就是听老人讲故事,其中记忆深刻的就是"小马过河""狼来了""龟兔赛跑",这些童话虽然无根无据,但是活灵活现,好懂易记,百听不厌。这些童话适应幼小的心灵,启发美好向善的心智,融入内心,终身受用。

现在领导讲话道理都很深刻,但无论怎样反复讲就是记不住,如何改变呢?

想一想童话吧。如果我们把重要的话重复讲如童话一般,印心入脑,成为人生美好追求的一部分,这样还记不住吗?

把大道理讲得精彩,如同童话,好理解,记忆深。

领导们努力吧!

左右足之情

足用以立足乃是足的本能。

足总想获好评但总被忽视。

左足不甘，问右足："为什么人生总是我们承重，而世人却是说肩负重任？明明是咱哥俩不顾顽石坚硬蹚水过河，但却被说是摸着石头过河。是世人不明白还是故意忽视我们的作用？"

右足迟疑，之后说："可能是我们做得不好吧。"

"我们总是很臭，临门一脚总把握不好，影响了国人对我们的信赖。如果我们为立足负重、过河蹚水而自豪得意，那我们对技艺不精、总是放空炮射歪，总也应该承受本能之误之责吧。

"我们应该有境界，当主人意外失去双手时，因我们能够承担起灵活精细的拿捏动作，而让我们的主人少些痛苦。

"我们也应当有报恩之情，当年我们从陕北南下之前，每天晚上睡觉我们都是被亲朋抱入怀中暖脚而眠的。这种抵足之情至今被传颂。

"想一想，每当严寒使我们麻木的时候，我们总是被抢救，常常最先感受胸腔的温暖，想来这也是我们做好立足之本，使人生不断迈向快乐必然应以回报的。"

虽非豪言，但句句真切。

听此一席话，左足大悟，欣然相从。

世态百相

3D 打印奇想

工业革命进入 4.0 时代，现在制造业有了 3D 打印技术，其功能之大，已近无所不能，缺什么，输入程序唾手可得。

畅想真正的 3D 打印应当能够实现——

打印航空母舰！用钢板一块一块地焊，确实太落后了。

打印飞行机器人！人造翅膀很困难，但是用 3D 打印应当毫无难处，打印的翅膀跟真的一样，抖搂抖搂就能飞上去。

最好能打印出生物原体：打个四肢长骨、打个脑壳，以后再不用为骨折特别是脑袋被敲碎发愁了，打印个骨头换上就是了；患佝偻病、驼背者换一套骨头瞬间增高，解决问题。最好能打印出带基因的机体组织来，如淋巴，起码是血管，再有脑血栓、心梗什么的，做什么支架搭什么桥啊，重新打印一套换上，照样活蹦乱跳。淋巴癌难治，换一套就完了，化什么疗呀。如这些一时有难度，起码打印手机总可以吧，省得天天排队去换手机，花钱还不满意。

论"抗癌统一战线"

开宗明义,统一战线是指身体细胞抗癌的统一协作。

众所周知,细胞是分裂繁衍的,癌细胞也不例外。控制癌细胞扩散关键在抑制其分裂的速度以及个数。如果分裂时死一个活一个,那就是控制得很好了。

如何做到不让它加倍分裂,或分裂存活少呢?借用社会术语,就是要团结一切可以团结的细胞,对癌细胞围歼。

身体中百分之九十九的细胞没有抗癌的能力,但能癌变的细胞也不足万分之一。只要团结在正细胞周围下,拒绝被癌变,或在癌细胞分裂抵抗力最弱时,全体细胞蜂拥而上,干扰阻断其分裂,自然达到目的。

谈何容易,凭什么细胞听你的,你控制得了癌细胞层面的分裂么!

世上无难事,只要天天肯高兴。你高兴全身就舒坦,细胞也快活，自然产生抗体就能抑制恶性细胞的繁衍。情绪能产生抑制细胞分裂所需的酶！按照诺贝尔奖揭示，遗传既在基因也在酶。而抑制癌细胞酶当然可以由情绪控制分泌。虽属奇谈异论，但有效是可以相信的。为了抗癌天天高兴吧！

双眼皮

夸一个人漂亮常会以大眼睛、双眼皮为前提去赞美,人老了眼角有皱纹了,则用老眉咔嗤眼比喻。

人们习惯用眼睛睁得大小、眼部皮肤的平滑来判断年轻与否。奇怪的是,眼睛大招人喜欢没有什么争议,但与双眼皮何干呢?

细细地考证,眼睛大眼皮也就得大,眼皮抬起时,一层是收不住的,确实需要叠一下,这就是俗称的双眼皮。

哦,原来是用双眼皮间接形容眼睛大的美,这才明白。

双眼皮难道不是褶子吗?不容置疑,双眼皮就是褶子,只是褶得恰到好处,人们并不觉得难看。

但是要记住自然规律,地球时时刻刻的吸引力,早晚会把你脸上的褶子拉出来,对无时不眨的眼皮更不例外。

对地球引力而言,自然的眼皮尚且难以抗拒出褶,人造的双眼皮就更会早早显出沧桑的"车道沟"来。

请记住刀下必有痕,所以千万别盲目追求人造双眼皮,花一堆钱,拉出的双眼皮,不用等到老年,所有的刀痕都会出来。那时满目的沧桑,该恨谁都不知道了。

也说"敖包相会"

小时候,进入蒙古包,以为这就是敖包,是个让恋人相爱的地方。大了,到了草原,才知道敖包是祈福的圣地。

在这里游牧而居的青年男女,平时难得相见,到了热恋的季节,敬天祭地之地就成了相互见面倾诉的圣地。

我非常敬佩敖包之恋的男女。大黑天,不远几十里地跑到这里,等候自己的恋人到来,一点也不害怕。而且在那个时节,通讯方式和通讯地址都极不确定,稍有差池,在这里等上一两天也是常事。但对于热恋的人,等几天也是值得的。相对一生的幸福,在这祈福的高地,仰望蓝天与星空,多等几个夜晚,又有何妨。

小时候住在城里,所住之地胡同相连。大哥、大姐们搞对象,都要去公园。当时很不理解,进公园是要花钱的,跑那么老远多累啊。后来才知道,在胡同里大爷、大妈视线里的二人世界是很尴尬的。只有在公园里远离了长辈的目光,和熟人的窥视,二人的情感才能自由地释放和表达。相对幸福这点门票钱已不足计。

等到我参加工作了,发现当时的年轻人搞对象的条件更有限,县城不大,除了旧城墙,没有公园,仅有一两个学校操场,光秃秃的也没有景致。在那里搞对象基本都暴露在众人的视线之中。我不怀疑他们相恋的幸福感,但为他们少了敖包相会的宽阔与公园幽静的环境而遗憾。

瞎操心,哪个县城里缺少敖包和公园耽误年轻人搞对象的热恋呢?

最想不开的还是网恋,就一根线,连个星星都没有,情绪何来呢?

微信加朋友

现今社会,微信满天飞,明里微言大义,实则污言讽语充斥。微信名更是五花八门,谁是朋友,谁非朋友,几乎无法辨别。

为识别方便,大家便都加个朋友圈,一点朋友圈,各路朋友就都像报到似的齐聚眼前,爽得不成。

但也时常遭抱怨你没加我为朋友,你瞧不起我,你不够意思,有时还被踢出去朋友圈外。

躬身反省,有时并非恶意,而是确确实实忽略了点个"加朋友",聊着聊着我的朋友圈里竟没了你。有时,你在我心中,身形伟岸,英明不可亵渎,我诚意要加你为朋友,但又恐冒犯了你;有时就是单纯认为我们走到哪都是朋友,费事加你为朋友是亵渎我们之间的纯真友谊。

但那都是托词掩饰,更真实的是,我没加你朋友,并非轻视你，而是不想将我在微信中的荒诞之言玷污你对我纯洁美好的回忆。

  请你信任，不论我是否加你为朋友，在微信的世界里你始终是我依旧美好的记忆。

说微信

如今，短信拜年成为时尚，一个春晚，拜年短信收入十几亿。短短几句问候，千里之隔犹如近在身边。

那时话费贵，没人用短信骂人。后网络开始发达，使人眼界大开，大千世界林林总总，海量信息涌入眼帘，恍如进入了另一个社会。

这个社会见不着真人，于是迷恋虚拟社会的网民开始宣泄，各类口语疯狂流行，板砖横飞，狗血喷头，似乎不骂人就不网民。胆怯口拙手笨的只好潜水旁观。

狂潮过去，微信横空出世，保健养生的、美食美颜美景的通通晒上，发一大堆也就是一点流量钱。

省钱真是硬道理，瞬间数亿网民投其麾下。但吸引大家的似乎并不仅仅是省钱，而是微信后面扑面而来的亲情、友情，不知不觉中微民们变成养生专家、劝学导师了。骂人的语言瞬间减少，亲打头的温情语言逐渐流行，网民的身心似乎在微信中得到了康复。

微信虽然也虚拟，但朋友圈中人人相识相知，微友们已不忍用那些针针见血的粗俗语言相见，更不忍伤及至亲至信的微友。从来没在这么多人在相护关心激励下，修养性情。微信有时真的在引人回归善良。

城市绿化与园丁

城建修路,路旁绿化,铺上草皮瞬间全绿,煞是好看。没一年全部枯死。扒开草根下挖,全是建筑垃圾。

保质期已过,重报预算,再组队伍,深挖换土、筛土、覆土再种。一个冬夏仍有大片死亡,草品不耐严寒干旱。

三年后再次重种。施肥除虫,绿地初成。但绿地片太长,地势不平,盛夏洒水车浇水,高处水过地皮湿旱死,低洼处积水淹苗涝死,犹如斑秃。

再次平整土地,综合措施,分块种草、植树、栽灌木,铺设喷灌管道,换耐旱、耐寒、本地生长性好的品种栽植。精心养护,终大面积存活,始见绿色景观。

但沿路边仍成带状枯死,数次补栽不见成效,细考是路人遛狗踩踏造成。据考当今世界还没有常踩不死的绿草品种。于是加高护栏派人看守,劝阻引导,上书"小草青青,踏之何忍"。数年坚持，随缺苗随补栽。

人勤奋天帮忙，终成连片绿茵。

又是清晨，滴灌喷雾，道道彩虹，清新空气，养目怡情。见一熟悉的身影，在草间忙碌，路边有一大铺盖卷，问："何意？"答："八年工期将满，无意续签，与辛勤成果惜别，再看一看。"又说："到别处也是种绿。"肃然起敬。

边走边想，八年绿化不容易，种草比种庄稼还难。是我们不如农民，还是……

建设好"非首都"

建设"非首都",说胡话呢吧,自己的事没办好还去建设别人。但事实确是如此。前不久开 APEC 会,天蓝,受到全国人民的称赞,那是关停了首都周边上万家污染企业成就了 APEC 蓝。试想,不把这上万个非首都企业建设好,这些企业一开工,谈何首都 APEC 蓝新常态。之初,盲目追求 GDP,经济发展了,但历史包袱越背越重,首都差点成了不适合人类居住的城市。当年想得简单,将污染重的特大型国有企业迁往京畿,以为搬走了就解决了北京的空气污染问题。没想到,二十年后,经检测,一半的雾霾是输入型的,连没有工业的郊区都免不了雾霾之灾。这难道不是不把周边建设好的报应吗?

近期,又提产业升级换代,将高耗污染企业迁出北京。谈何容易,你当人家傻啊,"宁穷也不让污染企业搬到家门口"。换位思考,如果你将金融街搬到人那去,人家不仅不会要你一分钱拆迁落地费，还会盛赞你以邻为善。你虽然减少点税收，但你起码减少四十万人天天在首都中心区聚集。还有创新型的IT产业网络公司，它的发展不在于离市中心近、领导多支持，而在于网络资源丰沛，你就是把它迁到边疆，只要网络畅通照样挡不住创新。据说首都IT业有百万大军，试想，这百万大军移出首都，每天公交地铁上至少减少二百万人次。首都交通等不可承受之重自然化解。话说回来，建设首都要与建设好"非首都"同步规划，关键是"非首都"功能建设得比首都好。明白了吧，优先建设好"非首都"吧！

文明城、文明人、文明狗

城市人怕孤独，养狗填补空虚。

狗吠扰民、狗咬人、狗屎粘脚遂成狗患。

建文明城市，人文明，也要让狗文明，管理更要跟上。

俗话说狗通人性、狗随人品。人不文明动不动爆粗口、打架，所养之狗自然效仿狂吠、咬人。

和谐社区在于相邻互敬，人不骂人，狗不咬狗。

狗有陋习随地便溺，但教之有方，可使改之，如定点召唤蹲盆如厕，不得随便在公共场所拉屎。

公安、城管要改变只收费发狗牌，或只会扑杀无牌狗的简单粗陋作法。

对养文明狗的要予以激励：

凡无咬人记录、懂指令如厕的狗得免费上牌；三代内无咬人记录，允许交配繁育，并作为城市名犬推荐。

小区无狗屎遗地才可评文明社区。

对养野性咬人之狗的，必严厉处置。发生咬人的，无牌狗主人既要加倍赔偿，还要罚款，并要强制打狂犬疫苗，去势，禁止繁育。

也不妨尝试以狗治狗，以卫生警犬追击遗屎之狗并制裁。

对有恶习狗不忍弃之的，可送文明狗培训学校。以良狗教学，强制使之懂礼仪，尊重主人，友爱同类；不随便便溺。养成后方可回到主人身边。

如此下来可从根上杜绝狗咬人、狂犬病、狗屎遍地的城市狗患。

文明建设人与狗要共同文明前行。

城市不懂夜的黑

繁华都市号称不夜城,灯光璀璨,繁华喧嚣。

城市路灯林立,点缀市容也与行人方便。路灯之功能起源于灯笼,方便走夜路之人。自城市发展有电灯之后,路灯便成为城市光明的标志。路灯式样千变万化不断翻新,渐渐在一些城市功能策划者操控下,装饰性成为首要功能,号称亮丽工程。

殊不知城市夜班族、夜路行者仍不在少数,夜路之难仍困扰着每个夜行的路人。

从主干线拐入街区,虽不乏路灯,但路灯都高高地照向快行路。洒向人行路上的些许灯光也被灯下茂密的树冠遮挡无余。夜行中也不乏遛狗者的踪迹,不懂公共卫生的狗,常常遗屎路当中,踩狗屎不仅仅是玩笑而已,成为夜行常事。

俗话说高灯下亮,但高高在上的路灯,如果不能透过树冠照在路上,亮又何用?

路灯本为路人而设置,如只投向机动车,夜行的路人怎能得益于路灯的光明?

但愿路灯的功能回归为路人照亮之功能,不再将有限的光亮投向无谓的高空。

土治小广告

人有脸，树有皮，市容不能乱贴小广告。

中医讲内不治喘，外不治癣。小广告如同城市牛皮癣，擦了贴，贴了擦，专业队伍天天巡查也难根治。

真无良策？

一次西游，见一村镇不大，也不怎么繁华，临街两侧院落土墙上干干净净，竟然没有小广告。

为什么呢？因为粘不上！小广告要粘在土墙上成本太高，需抹平刷白才行。

顿悟，土是最强防胶、防墨、防漆、防污的天然外墙材料。

由此联想城市市容建设，如研发广用以土为基料的外饰涂料，保持土的稳定特性，耐高温高寒，超强吸水；防腐、防氧化、防褪色，胶粘不上，墨、漆不能浸，那些发布无德小广告者哀叹无奈，就会知难罢手了吧！

树根向上长

树枝向上长,树根向下扎,这是自然的规律。

但几年来总出怪事,风不大,总有树倒,不明就里都怪植树的人偷懒不深挖坑所致。

时值清明节植树,明确规定树坑不能深过一米。问"为什么。"说:"超过一米底下就不是土了,再深就存不住水了。"

仍然不解的是这些树老是被风刮倒为什么不种深一些呢。

园林师叹说:"城市地下水位下降,地表下几十米根本无水,树根再深也扎不到有水层去,这些树都靠人工浇水才存活的。"

细察之,凡倒之树无论新老树根都成团状,许多根都翻转向上长。

问专业人士何出此怪事,说:"浇的水都在地表上,树根要吸水自然就得往上长了,谁还往下扎根去吸水呢?"

幡然醒悟。树靠水才能生长,如果城市的水资源都在地表上，树根为何要向下扎呢?"

想来浇树是为了活树，但仅靠浇水活的树不扎根，不抗风。

由此联想之如果我们的资源都在上层，哪个年轻人愿意到基层扎根发展呢！

空余青山不住人

北京人满为患，城市人口近两千万，城市居住问题令世人头疼不已，多少年了竟建了一个不宜人居的城市，让人痛心不已。

一日参观北京猿人生活的遗址，恍惚有所思，北京人的祖先是住在山里的。

北京面积16400多平方公里，山区面积10400多平方公里，山区占北京总面积的三分之二。这还是平地面积，要是按立体面积展开那就更了不得了。放着这么大的面积不住人，非得向平原、农田征地，还向周边城市要疏解，这不是自寻苦恼吗？

何不向祖先学习，向山区转移，开启新生活。

山区建新城，空气好，土地成本低，以现在的建设能力，建房根本不成问题，交通基础设施也不在话下，还能建成世界最大的山坡立体建筑群。何乐不为呢！

我们曾羡慕北欧人，居住环境优雅，生活在山坡林荫中，我们为什么不呢？

牙医不急诊

俗话说牙疼不是病，疼起来真要命。

不少人都有半夜捂着腮帮到医院看急诊，被告知牙科无夜诊、明早排队挂号，而早起挂号又被告知牙科号已挂满的经历。

牙科号非常紧张，非凌晨排队不能保证挂得上号。急火火地网上预约，又被告知三个月之后才有号。

据不完全统计，北京需要牙科保健的人不下一千多万，而能够提供牙科诊治的不足万分之一。患者无奈只好靠咬着牙度日，熬不住了就一拔了之，然后再慢慢排队自费镶牙。

这么大的缺口，牙医为什么不大发展呢？而且现在医学院毕业之后找不到工作的又有的是，这不是浪费吗！

让他们转学口腔医学，加开晚间门诊，既能有效地利用设备，又能解决及时看病问题，同时又能丰富临床经验壮大队伍，"拔一毛而利天下"何乐不为呢？

稍稍改善一下就可以的，牙医天使们为解决大众的"切齿之痛"开夜诊吧！

峰谷电价不惠民

北京用电紧张，白天不够用，晚间又用不了。

电这种商品产供销的同时，储存很困难。先前没办法晚间就往水里放，电死不少鱼。后建蓄能电站用晚间富余的电抽水上山，白天再发电，这就是做个样子管不了多大事。

后专家支着，鼓励晚间用电，市场调节，出台峰谷电价，对夜间用电实行优惠。这真是利国利民的好政策，经常熬夜的学子盼望尽快实施。

但供电部门不乐意，费了事还少收钱不干。申请夜间用电要排队，给你安上装峰谷电价专用表才可以实施。这是什么逻辑！

我夜间用电照顾了供电设备负载平衡，省了你的维修费，你还全价收我费，你应该主动给我退费才对。

说什么不安峰谷计价表没有办法计量收费。都什么年代了，大数据管理每时每分用电量清清楚楚，用简单的就能解决妥妥的,何况率先进入4G时代的供电部门。就是操控惯了,垄断思维,举手之劳利天下就是不为。

银行不理夜财

有一笔小钱,下了班急火火到银行存,被告知五点下班,早关门了,只能到自动柜员机存钱。

一股怨气冲上脑门,为何银行夜间不收钱呢?

查一下法律,没有规定银行夜间不营业啊。

据说从建国开始就是这个时间点。就是,那时候银行算干部,和机关一样上下班可以,可现在你就是个银企,还要和机关同步上下班,怎么服务于市场、服务于客户需求?

据统计,每天17点到24点钟营业的商店、餐饮、酒店、超市、交通、出租车占了各种服务业经济总收入的三分之一。这么大笔营业款你不主动服务,非得等到第二天送上门来。什么,就凭你是垄断?

你就等吧,等互联网金融了,早晚你得关门了。

又说夜间营业不安全,你这是蔑视我们强大的治安哪,夜间那么多营业的哪一个因为治安不好就关门的。

让我到ATM机去还款，我没卡怎么存；还款ATM机又不收零钱，每次都要照一百元多还，这不是抢零钱吗？够损的！

再说了，每天下午四点以后的存款可以不走当天的票据结算，有隔夜利息，放着钱不挣，你也够傻的！

专家不夜诊、手术室照常放假

人有什么不能有病，有病还不能有大病，有大病就得看专家。这个社会的医疗体制，有病必须得白天上班时间请病假去看病。为何呢？因为医生专家不夜诊。

公费医疗，大病统筹这么好的社会福利，到了医院就得听医院的，你得你的病，我上我的班。

住院排队等床，住上院排队等手术。再着急的病，包括心内的支架、搭桥，也不例外。就这么两间手术室各科轮流用。

真是奇了怪，有病人等手术你手术室你放什么假！为何还要让人等手术室上班才可以做手术？到底是手术室放假重要还是救命重要。

有病就要赶紧做手术，谁能等得起？

还有奇怪的，周六周日，节假日住院部不结账。想出院可以，您先走，这两天的床钱得记您的账上。

飞机场没有存车处

城市交通拥挤，特别是去飞机场的路上，越来越没谱。为防误机，要提前两个半小时出发，这不是谋财害命吗？人生有多少个两个半小时。

都提倡绿色出行，让人们走路骑自行车。但是去机场就不行了，机场高速不让自行车走。原来的交通路线被改造之后，需要绕飞机场半圈才可以进去，就是骑进去之后也没有存车处，自行车没地停放。这不是挤兑穷人吗？

飞机场也就罢了。你高档，不待见穷人。新建的火车站也没有存车处是怎么回事？

现在京津冀一体化，两个城市坐火车上下班都是常态了，怎么能没有自行车存车处呢？

提倡绿色出行，好政策需要贯彻到底，好事也应该做到底。高大上的设计者们，在争普利兹克大奖时也要满足一些骑自行车赶飞机火车以及接站人们的需求。

饮水思源

饮水思源是对一个人感恩之心的引导。饮水也是人类的本能，如果没有水，人类就失去生存的基础。但是现在社会发展极不稳定，北京原来是有水的，人多了就没水了，几乎要迁都了。所以现在要思源，就要不忘记给自己饮水的人。

小时候听传说是高亮在西直门外扎破了神仙的水桶给北京人带来了水喝。新中国成立后修了密云水库，让北京人到现在还有水喝。

原以为北京人喝一辈子水都不会愁的，没想到喝了几十年，不得不喝一些次二类水。近日听说又有好消息，南水北调将调来四十亿立方高质水，除了满足北京人的饮水外还能有二十亿立方水用来回灌，但愿还可以养活北京人三十年。

水的浪费也是痛心的事，因为当时喝水不要钱，觉得那是社会主义带给人民的福利。后来去了趟 M 国，喝水也不要钱，非常惊讶。后来问及为何一个商品社会喝水不要钱。回答不知是否正确，喝水是人类生活的基本条件，如果喝水都要钱的话，证明人必须有钱才能活命。道理虽然尖刻一些，但想来很是实在。

如果有一天我们真是没钱了，但愿可以有免费的水喝。

论持久战霾

雾霾大肆侵袭，攻城略地，霾云笼罩，大有并吞京城清新空气之势。大霾当前，惊恐万状，无畏论、逃跑论以及速胜论，不绝于耳。谁是谁非，难以判断。

无畏论无知至极；逃跑论太过消极；速胜论自欺欺人。唯正确者，持久战，持久战霾！

坚持战胜雾霾，但绝非速胜。霾新我老，霾大我小，霾客我主，霾恶我正。只要动员万众，坚持持久战，并御风而击之，定将全胜。

决战雾霾三战术：霾进我退，霾住我藏，霾退我追。

前百万精英齐聚长安街长跑唤东风，虽成效不显，但唤起民心，众志成城。

完胜"埃博拉"

西非埃博拉病毒肆虐,死亡超半,全球谈埃博拉色变。

埃毒压境,尚无有效疫苗,国人何以待之。提前演练不失防患未然的务实之举。但戴口罩、吃抗病毒药、安空气净化器都只是肚子痛点眼药的事,心理安慰罢了。

超理性思考,病毒传播机理不明,任何防疫都是盲目的,临阵恐难奏效。可有高招?

在疫区有大批密切接触者没吃药却抗住了病毒,他们抗病毒的免疫力是人们战胜埃博拉的最终希望。所以培养人体内超强的抗病毒免疫机能是今后人类最重要的任务。

据不可靠消息,中资公司包括中国派出的医疗队在疫区人数并不在少,但无一染病。庆幸之余思考,为何中国人免疫,前思后想,无可奉告;只能深深地感谢我们的老祖宗,中国人的基因抗埃博拉!

虽是狂想,一旦成真将是全中国人的福祉。

疑人当用新论

古训"疑人不用，用人不疑"，莫用疑人误国。疑人不用，至今仍被奉为用人之典。

但也有质疑。用与不用是有权限的，疑与不疑是有标准的。现今，疑与不疑是相对的。任职交流，下属与领导很少是发小，很少是从长期艰苦中拼搏出来的。因此相互不了解是常态，渐渐了解才是识人之道。在不识、不确定，也就是有疑时，就不用或不重用，肯定就无人可用了。

而疑人当用，在用中识真才辨伪才，才为正确用人之道。疑人虽有不明朗之处，但也有一个自我变化的过程，经得起被疑，被疑而自警，并由被疑转被信，才是真人才。

另在选举制下，民主用人，疑与不疑就更难一个标准了。疑人当用，关键是要建立管用的质疑及查疑机制。质疑于公示，不容他放纵。由此质疑，当可用人不疑！

净水泼街今用

黄土垫道、净水泼街是古时的迎宾之道，既显示对贵客来宾的热情，也起到清洁道路的作用。

现今城市清洁道路已改用洒水车。城市道路占了城区面积约二十分之一，道路上车来车往，尾气烟尘飞扬，引发环境污染。

如何治理煞费脑筋。

如今APEC在即，关停一批污染企业，力保蓝天，但终究是临时强硬举措，难以持久。

不妨借古代迎宾之道，从改善城市道路局部气候做起。加派无数的洒水车，在马路上洒水，起码是压住灰尘，净化空气，不敢说一定能够消除污染，能够降低空气污染指数也就功德不小了。

特别是在水资源丰沛的情况下，在马路上喷雾洒水，利用源源不断车轮的碾压作用加湿蒸腾空气，形成路、陆交互气流，应当是循环、经济、环保、切实，可持续、可立见竿效。

俯拾精彩

看戏莫当真

前不久,热播宫廷戏。粉丝们对其中的皇上啊、妃子啊、太子啊、公主啊,迷得心醉,百看不厌,恨不得自己就是其中一人,集万千宠爱于一身。

其中最揪心的就是皇上杀人,三百里传下圣旨。但没想到老佛爷权高一筹,又派八百里懿旨,刀下救人。每到此时,揪心得不行,倒是不想被杀和被救的后事,也不担心马会不会跑死,只担心骑马人的屁股,真疼啊!

操心之余,忽然想起这只是戏,倒也释然了。

真是看宫廷戏,操八百里的心,耽误正事。

善意提醒,看戏不可入戏,千万不能当真!

刷牙

从小讲卫生，晨起要刷牙，后又讲睡前要再刷牙。20世纪末又提倡饭后刷牙才健康。更有牙齿洁癖者一天要刷五次。为炫耀，更有女神级人物讲，甩了前男友是因为，早起不刷牙就吃早餐恶心死了！但是被甩的男友也很无辜。从小看西方贵族电影，都是还没起被窝就吃早餐，没见哪个王公贵族先起来刷牙的。难道最先倡导刷牙的西方人错了？一日与自然养生派老者聊，讲提倡刷牙者纯粹是为了卖牙膏。一语顿开茅塞。人类繁衍进化确实不曾有刷牙。牙齿坚固地遗传下来，应该与刷不刷牙无关系。广告中展现的史上最坚固的老虎牙、鳄鱼牙也绝对不是刷出来的，如果当年它们就刷牙，估计这牙齿早就退化没了。科学证明牙齿坚固确实不在于刷，而在于用。

别烦我了行不行！管他人是否牙痛刷牙，我先刷着，省得说我不讲卫生！

领导刮鬓角

清朝的男人留长辫子，前额剃光，突出前庭饱满，显示男人英俊威武。

民国后，小辫子没了，但是前额秃发的却越来越多。有人说是由于饮食过剩造成的，似乎有道理。但歪着想一想，刮了三百多年的前额，已经习惯不长了，让它在这几十年长得跟后脑勺头发一样茂密似乎有困难。

秃有前秃、后秃，鬓角一般不秃。

两年前周边最年轻的领导人高调亮相，一头浓发，但鬓角剃秃，亮瞎人眼，瞬间流行。刮鬓角也被年轻人时髦地效仿。

前不久参加学术会议，一中年校领导也将自己的鬓角刮秃，像五四青年。问为何追这时髦，他说以后你就会明白。细细一想，原来领导操心，白发早生，最先白的就是鬓角，实在染不过来，索性剃光。恍然明白。

但有了清朝剃前额造成后人大面积谢顶的教训，也劝告爱刮鬓角的领导，给后人鬓角留点头发吧，要照这样刮下去，三百年后，你后代的鬓角就没了，就剩个后盖了。那时怕遭后人抱怨啊！哈哈，几句笑谈，众位听友一笑置之。

男人洗衣

中国传统男主外女主内，洗衣做饭是女人的事。

从小母亲洗衣服，长大后结婚了老婆给洗衣服，习惯了不以为然。一日忽听，一人因给领导洗内裤，获领导赏识，瞬间升迁。恍然明白，内衣是要自己洗的。于是乎开始自洗内衣。

初期自然笨拙，洗洗也就习惯了。洗着洗着，越发有了灵感，手在冷水热水中感受衣物的变化，洗着洗着心慢慢静了很多，享受着双手揉搓的快乐。夏天凉水醒脑；冬天冰水刺骨，虽开始有一些刺痛，但很快在揉搓中逝去。

久而久之，微微的手颤，似乎也消无踪影。原来，洗衣服可以健身。

虽不一定科学，但回首三千年，似乎天天洗衣服的女人没有一个手颤的。

想防手颤吗？学着自己洗衣服吧。

决战白发

人生两大无奈,一是老去,二是鬓毛白,人人不可避免。

小舅从小营养跟得上,发育好,人长得帅,一头秀发,以致人过中年仍能避免霜染鬓发,其秘诀也不告人。

一日,酒酣之时,讨教无数,吐出一个字,拔。如前述,白发催人老,染发治标不治本,不染,懒惰一下便一发不可收拾。

各种根治之法多是广告,忽悠人,骗你掏钱。想来想去唯拔是根除且方便之举。拔过胡子的人都知道,拔胡须带出毛囊就不会再生,因此,拔白发,要有狠劲,根根见囊,方能一拔永逸。拔,要立足于早,一有白发就必须着手,不然就会望白兴叹了。

开始手拙,拔一根头发要带出十几根黑发,"伤敌一百,自损一千",非常亏。但坚持不懈,熟能生巧,越拔越准,手到发落,就是高手了。说到底毕竟拔的比长的来得快,不管带不带根,抑制白发除此无它良策。有立志除白发者,从今日起就必须视白发为敌,天天爱拔除,不除白发永不休。

防手颤

武功中最羡人的当属分心术,代表是周伯通的双手搏,两只手各打各的,功夫倍增。有人讥讽无用,那是庸见。

人过中年两大惧恐,一是老年帕金森,摇头手颤;二是中风半身不遂,拽子俗称弹弦子。

小舅爱健美,年轻时买了台甩脂机,上一当,专家说毫无减肥功效。但挺贵的东西弃之可惜,遂开发新功用,站在上面一边晃着甩脂,一边敲肚皮。十指直击腹部隆起堆积的脂肪,久而久之,肚皮明显见小,瘦身见效。但并不甘心,仍每天敲肚皮不止。

问,何以坚持。说,练功,以意念控制十指,分别有序地敲击,手随心动,防帕金森。不信,但观其手,常端酒杯,毫无半点颤抖晃动。将信将疑。细思,长期以意念控制十个手指,心脑手眼配合,常人所惧的帕金森手颤之病当可防患未然。再想左右脑天性互补,大可练成分心控手之术,万一哪天脑栓也可以一应万了。

虽是俗侃，但也非痴人说梦，仁者见仁吧，总比手抖起来再练以脑控手强。

脱发对染发诉说

从小不知撞到哪个秃毛鬼，全家人就我一个头发少。大了也没几根，总是被人讥笑。遂自我解嘲：热闹的马路不长草，聪明的脑袋不长毛。

随着年纪的增长，对于秃顶也就习惯了。

一日见一年轻人，满头白发。问，何缘故。答，太忙没工夫拾掇。

又见一老友，仍是年轻时的一头秀发，羡煞人。轻问之，何得如此。轻微一笑，染的。

上网胡乱一查，全国十三亿人口，七亿人染发，主要都是中老年人。君若不信，到商店看看，卖得快的，都是那些染发护发用品。认准了一个牌子，不管多贵，没有磨磨唧唧讨价的。染发成了不受经济影响的刚性需求。

秃发者操染发者的心，算了一下，如果头发不秃，活九十岁，染发四十年，每年六千元，二十四万啊！吓死个人。

我这一秃，省下一套两居室。

从此再不为秃头自卑。

与虎谋皮怪论

自古打虎英雄备受敬仰，立碑传诵。近日，极端动物保护主义掀起声讨史上打虎英雄浪潮，谴责这些人谋虎皮、种兽屠杀，危及野生保护动物，至野兽大王老虎濒临绝迹。应重塑史观，褫夺打虎威名。更有情绪激愤者，似乎要扒这些人的祖坟，曝尸以警后人。

悟空、武松、子荣三英雄无奈相聚，共谋后事。拟声明，打虎确实不是为了虎皮，跟虎也没有什么恩怨，更无杀戮之交易，主要是为了遮羞（虎皮裙）、护命（醉酒误入虎林），再者是为了混入山匪（觐见礼），毫无私利。谋虎皮那是从没有的事。但恐声明之后众人不信，前思后量说杀戮与交易无关确实难举证，愁煞三英雄。

有人大谈虎经。虎为珍品，棒杀之就是犯罪，有罪之事越描越黑。各位不妨脑筋急转弯。毛皮这玩意，只能远观不可近亵，各位只要声明,所用虎皮皆经本虎同意,用的是专利高级仿制品,传说打死真虎之事皆是说书之人演绎,世人不可轻信。

三英雄再次新闻发布:"现世上流传打虎各桥段皆是后人讹传,不可轻信。史上英雄打虎之事皆是编剧为赚票房策划的噱头,绝无其实,所穿、所见虎皮,全是高仿!"声明一经传出,舆论哗然,高呼上当。

眉之韵骨

眉，人皆有。眉常与目连用。褒义慈眉善目，眉清目秀。贬义则贼眉鼠眼。有气节时则眉宇轩昂，横眉怒向。

眉又偏属女性，如画眉，妩媚，再如现在的"美眉"，泛指年轻的女士。

眉也偶指年龄，长眉泛指老者。

眉高居五官之上，颜面显赫之地，但不自傲，一生以护目为己任。无论刮风下雨，从不闪避，即使冬日冰凌眉霜也不肯退缩，毅然挡住每一粒扑眼的尘埃。

眉一生简明执着，就是为眼目遮风挡雨挡汗。

眉为护目，离骨最近，眼睛上框称眉骨，很薄，当重力打向眼部时，眉骨首当其冲，但眉骨宁折而不缩，常有眉骨俱碎而双目无恙的悲壮写照。唐诗里曾有"安能摧眉事权贵"赞眉之傲骨。

当然史上也不乏失节者"弯眉折腰"被世人唾骂为媚骨奴才。

眉清高有节,居功但不在目前显摆;柔薄但不畏强权。当我们自豪时,它毫无保留地扬起眉梢,表达喜悦之情;当挫折时它低眉助思;当面对凶残时它横眉竖立;当迎来逆转"扬眉吐气"时,它悠然地与众友分享最好的赞美。

蛙：我非苍鹰

我非苍鹰，无坚强的翅膀竞翔蓝天，俯视大地。但我有四只脚，在我纵身向上一跳时，让我享受风驰耳边腾空后缓缓落地的快感；纵使跃不足一米，但那也是向上的奋击。

我非苍鹰，无那利爪，抓捕那贪食的硕鼠，但我有伸缩如簧的勾舌，让每一只肆虐贪血的蚊虫成为腹中美餐。

我非苍鹰，无犀利的鹰眼，洞视茫茫原野鼠奔蛇窜，随时俯冲而下置它们于死地；但我也有眼睛，在我目及的范围内不放过一个快速闪动的飞蚊。

我确无广阔的眼界胸怀，但即使我择居井底，仍时时仰望上空的斗转星移、日月变换。

我功不足载史，但我与嗜血蚊蝇世代为仇。无论在水中，在天上，我祖祖辈辈都扑杀那些嗜血者的子孙；即使在干冷的高岗荒漠也有我的至亲蟾蜍追击余孽。

我就是一只蛙，我在井底、河边、田间、窗下，不畏事态炎凉、毁誉、褒贬，坚守着那份灭绝嗜血者的天责。